证明自己的

布兰登
Brandon's Big Test

可靠 | Reliability

［澳］肯·斯皮尔曼/著　　［新加坡］陈俊强/绘　　彭安琪/译

四川科学技术出版社

　　"一只小狗？你真的想要一只小狗吗？"

　　布兰登想要——真的很想要。别人家都有宠物，布兰登看到街上到处都有人在遛狗。

　　为什么妈妈说得好像这是什么了不得的事情？

　　"狗狗可不是什么玩具，你知道的。它们会长成大狗，而且会活很长时间。它们需要有人给它们喂食、洗澡，带它们去户外运动。"

　　这些布兰登都知道。

　　"我会喂它、遛它的。您不用操心任何事情。我保证！"

　　妈妈一脸怀疑，布兰登感到很扫兴。

　　"抱歉，布兰登，但是现在你连收拾书包都不让我省心。"

　　布兰登把脸埋在手心里。

　　星期二的时候，妈妈因为他忘带水杯而责备过他。两天后他又忘了带作业，妈妈很生气。

狗狗会不一样的，他心里很确定。狗狗会呼吸，有生命，还会玩游戏。它不可能被忽略掉。

　　但是布兰登知道，跟妈妈理论并没有用。他回到房间，失望地倒在床上。

布兰登曾经要求爸爸妈妈给他生一个弟弟或妹妹。他们当时笑着拒绝了，爸爸解释说他们只要有一个小孩就心满意足了。

　　那我呢？布兰登想，他们知不知道，我只要有一只宠物就会心满意足？

想啊想,布兰登脑海中冒出了一个主意。

他也许可以做点儿什么让妈妈相信他能
够照顾好宠物。争辩没有用——他要用实际
行动去证明。

需要做什么才能说服妈妈呢?大概只有
一种方法能弄清楚——当面问她。

"妈妈，怎样才能让你相信我会照顾好狗狗呢？我愿意做任何事情。"

妈妈深吸了一口气，似乎打算好好教育布兰登几句。

但是，看着布兰登真诚的眼神，妈妈改变了主意："让我想想看。"

第二章

第二天，妈妈召集了一次家庭会议。爸爸妈妈小口喝着咖啡。布兰登看得出来，他们已经开过小会了。

"你想证明你自己，"妈妈开口道，"我们很欣赏这一点。但是我们需要你坚持一段时间——而非仅仅持续一天或者一个星期。"

布兰登心花怒放。

虽然他们没有说出来，但是他知道这意味着什么。他们会让他拥有一只小狗！

"我会的，我会的！"布兰登欢呼道。

爸爸列了一个清单，递给布兰登。

"这是你的任务清单。你觉得怎么样？"

"你可以证明你自己。不仅是给我们看，也是为你自己负责。"妈妈补充道。

清单很简短。布兰登在爸爸妈妈的注视下读起来。

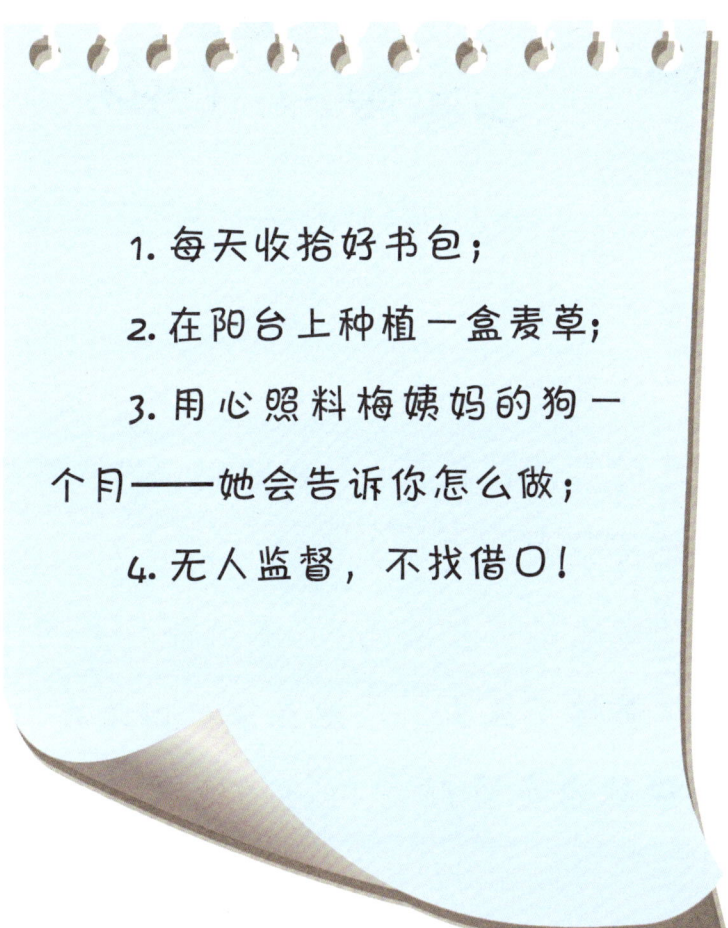

1. 每天收拾好书包；

2. 在阳台上种植一盒麦草；

3. 用心照料梅姨妈的狗一个月——她会告诉你怎么做；

4. 无人监督，不找借口！

　　布兰登扬起眉毛，"麦草？"

　　"给果汁机准备的——我们会把它添加到健康的果汁饮料里。"妈妈说，"很简单，只要记得经常给麦粒浇水就可以了。"

　　"梅姨妈不在家吗？"布兰登接着问道。

　　爸爸摇了摇头，"她在家，但是我们请她让你独自负责照看狗狗。她只会在一旁看着。"

　　梅姨妈就住在附近。

　　她年纪很大了，她的狗也上了年纪。狗名叫纳尔逊，它看起来脏兮兮的，毛掉得满屋子都是。

以往，布兰登会时不时会看见梅姨妈遛狗。

整个过程慢吞吞的，倒不是因为梅姨妈走得慢，而是因为纳尔逊在每根杆子和树干下面都要抬抬腿。

一想到要照顾纳尔逊，布兰登就觉得索然无味，但他还是点了点头。

"好吧。"他说，"如果我完成了所有任务，我们家就可以有一只自己的狗狗吗？"

"不。"爸爸回答道，"你会有一只自己的狗狗，你要负责照顾好它，而我们不会插手。"

第三章

就像妈妈说的那样，种植麦草很简单。

布兰登每天都会仔细地收拾自己的书包。有时候，为了确保没有遗忘任何东西，他会打开书包检查一遍。

只是照顾纳尔逊的任务把他给难住了。

每天清早，布兰登会比以往提前十分钟钻出被窝。他穿上衣服，然后跑到梅姨妈的住处，用她给的钥匙开门进去。那时，纳尔逊的身体还蜷曲成一团，在睡梦中哼哼唧唧。

　　等布兰登给它的水盆添满水，纳尔逊就会睁开眼睛，对他龇牙咧嘴，狂叫不已。

放学后，遛纳尔逊也一点儿都不好玩。

纳尔逊就像一只竹节虫，行动迟缓、老态龙钟的。但是，在看到另一只狗之后，它就会激动地绕圈圈，直到被链子缠住——这么折腾一番就是为了嗅探那条狗的屁股。布兰登只有使尽全力拉住它。

散完步后，就到了纳尔逊的晚餐时间。

　　布兰登学会了开罐头，他用勺舀出一半狗粮，再撒上酥脆的小饼干。最后，他不得不把饼干打成粉末撒上去，免去纳尔逊费力咀嚼的痛苦。

　　纳尔逊喜欢食物。很快，它也喜欢上了

给他喂食的布兰登。

　　早上它不再对布兰登大吼大叫。布兰登放学过来时，它会摇一摇年迈而僵硬的尾巴。

　　当梅姨妈教布兰登怎么给纳尔逊洗澡时，纳尔逊似乎一点儿都不介意。

一周过后，梅姨妈对布兰登的表现深感满意。

　　"让我们看看，两周后他是否还能让你满意。"布兰登听到妈妈对梅姨妈说。

　　两周过去了，梅姨妈对布兰登更是赞赏有加。

　　"才过了两周，"妈妈说，"他的新鲜劲儿还在。"

布兰登知道"新鲜劲儿"是什么意思，照看纳尔逊算得上哪门子的新鲜事呢？

　　只是，他已经习以为常了。就像刷牙一样——不见得有趣，但是已经成为他日常生活的一部分。纳尔逊需要水和食物。对布兰登来说，如果没有完成这些自己答应做的事情，这一天就是不完整的。

　　"一个月感觉很久，对不对？"有一天爸爸说，"想象一下，你要照顾一只动物一年、两年，甚至是十年。"

　　布兰登点了点头。

　　"我每天还要刷牙呢，"他说，"接下来十年我都要给自己刷牙，对吧？"

　　"机智的回答。"爸爸说，"但是这不是一回事。"

　　布兰登想不明白："为什么？"

　　"因为你的牙齿是你的一部分，而狗狗不是。"

　　"狗狗也会成为你的一部分。"布兰登说，"梅姨妈说的。"

　　爸爸又笑了。"又是个机智的回答。"然后他笑出声来，"提醒你哦，她可不需要为牙齿劳神！"

第四章

　　第四周的一个早上，布兰登醒来发现自己发烧了。他现在摇头都要费好大劲儿，咽口水的时候嗓子也会痛。

　　布兰登换掉睡衣，拖着沉重的脚步走出屋门。

布兰登回来的时候，妈妈正在做早餐。她看了布兰登一眼，然后把手放在他的额头上。"你发高烧了！为什么不告诉我呢？"

　　"纳尔逊……"布兰登哑着嗓子说。

　　"傻孩子。"妈妈说着，给布兰登拿了一粒药片，打了一杯新鲜果汁——橙子、苹果、生姜还有麦草。

布兰登没有去上学，而是在家卧床休息。但是下午晚些时候，他又起来准备去梅姨妈家。

　　"你这样子哪里都不能去。"妈妈对他说，"我会帮你打电话给梅姨妈。"

　　"不要，妈妈，"布兰登回答，"这是我的任务。'不找借口'，记得吗？"

妈妈立场坚定。她很快地把布兰登送回床上。

爸爸回来时，布兰登的心情很低落。

"我知道你生病了，但是为什么你看起来这么难过，还有点儿垂头丧气的？"爸爸轻声问道。

"纳尔逊……"布兰登说，"妈妈不让我去。"

"我知道。但是你已经证明了我们可以信赖你。你完成了我们给你布置的所有任务，而且你对纳尔逊而言是一个很可靠的主人。妈妈和我都认为你可以养好一只小狗——等你身体好了，我们就送你一只。"

爸爸妈妈兑现了承诺。

布兰登有了自己的小狗——小耐莉，他们天天一起玩耍。

　　当他们遇见梅姨妈和纳尔逊的时候，布兰登会停下来，轻轻抚摸这只年老的狗。

　　要知道，纳尔逊给了布兰登一个宝贵的礼物——一个证明自己的机会。

大家一起来讨论

1. 你有宠物吗？你认识的人当中有人养宠物吗？照顾宠物的时候，有什么事情是你需要考虑的？

2. 为什么布兰登的妈妈开始觉得他照顾不好小狗呢？

3. 布兰登用了什么主意让爸妈相信他能够照顾好宠物？

4. 为什么布兰登的爸爸妈妈需要他坚持一段时间来证明自己，而不是仅仅持续一天或者一个星期？

5. 为了向爸爸妈妈证明自己值得信赖，布兰登接受了任务清单。开始时，对于清单上的各项任务他是什么感受？两个星期后他的感受有什么变化？

6. 当布兰登生病的时候，他很难像往常一样继续照顾纳尔逊，但他还是想这么做。为什么这件事对布兰登来说这么重要呢？

7. 当布兰登的爸爸妈妈看到，对纳尔逊而言布兰登是一个很可靠的主人的时候，他们认为布兰登可以养好一只小狗了。"可靠"意味着什么？

8. 你曾经向别人证明过自己吗？分享你为了证明自己所做的事情，你对此事的感受以及最终的结果。

9. 分享任何在家或者在学校，体现你（或你身边的人）的可靠品质的经验或故事。

10. 你认识不可靠的人吗？是什么让你觉得他（她）不可靠？你为什么认为可靠是一种重要品质呢？